Philippe Delerm

JE VAIS PASSER POUR UN VIEUX CON

Et autres petites phrases
qui en disent long

Éditions du Seuil

TEXTE INTÉGRAL

ISBN 978-2-7578-4139-6
(ISBN 978-2-02-105649-5, 1re édition)

© Éditions du Seuil, 2012

LE GOÛT DES MOTS

UNE COLLECTION DIRIGÉE PAR PHILIPPE DELERM

Les mots nous intimident. Ils sont là, mais semblent dépasser nos pensées, nos émotions, nos sensations. Souvent, nous disons : « Je ne trouve pas les mots. » Pourtant, les mots ne seraient rien sans nous. Ils sont déçus de rencontrer notre respect, quand ils voudraient notre amitié. Pour les apprivoiser, il faut les soupeser, les regarder, apprendre leurs histoires, et puis jouer avec eux, sourire avec eux. Les approcher pour mieux les savourer, les saluer, et toujours un peu en retrait se dire je l'ai sur le bout de la langue – le goût du mot qui ne me manque déjà plus.

Ph. D.

casteleux ~ rusé (?)

garnie (?)

commissures = point de jonction des parties
(certaine celles des lèvres)

Je vais passer
pour un vieux con

Dans la liste des précautions oratoires, celle-ci occupe une place à part. Elle n'a pas l'aspect cauteleux, gourmé, en demi-teinte de ses congénères. Elle souhaite jouer la surprise par sa forme, une vulgarité appuyée qui aurait pour mission de gommer à l'avance le pire des soupçons : une pensée réactionnaire. L'interlocuteur ne doit pas se récrier avant la remarque promise. Mais une petite réticence aux commissures des lèvres signifiant « Toi, passer pour un vieux con !? » semble bienvenue. Elle était espérée.

Le propos qui suit peut toucher à l'éducation des enfants, la manière de faire des cadeaux, les principes de politesse, le comportement à table, la montée et la descente dans le wagon des usagers du métro. Mais il y aura de toute manière référence à un passé jugé préférable. Dans le non-dit passe pourtant une référence sous-entendue à une expérience quasi libertaire – oui, c'est moi qui dis ça, et pourtant tu connais mes opinions, je n'étais pas le dernier à vouloir du nouveau en mai 68. C'est peut-être alors qu'il eût été opportun de jeter dans la foulée une réflexion passéiste presque séduisante, qui serait venue délicieusement à contre-courant, en parenthèse juste vouée à cautionner une inté-grité intellectuelle supérieure.

Car oui, à vingt-cinq ou trente ans, avec la séduction physique, l'écharpe au vent, la cheve-lure folle, on peut tenter de donner un petit coup de canif dans le politiquement correct, et même envisager de provoquer la concession, voire l'assentiment. Après, cela devient plus périlleux, et bientôt suicidaire. La seule habitude de faire précéder ses réflexions d'une précaution oratoire a déjà quelque chose de rédhibitoire. Inutile de révéler soi-même en sus le prix sur l'étiquette. On passera pour un vieux con.

dans la foulée ~ in the wake

coup de canif (?)

voire ~ or even, even if, if not

rédhibitoire ~ deal-breaker

Vous n'avez
aucun nouveau message

Le téléphone cellulaire a changé notre façon d'attendre et de nous inquiéter. Il a bouleversé la poésie des gares, transformé l'essence des quais où nous ne connaissons plus cette bouffée de recherche anxiogène, à la descente des voyageurs, à peu près certains que si celui, celle que nous espérons avait eu un problème, nous en aurions été avertis.

Mais la technologie n'a que le pouvoir de transposer les gammes de l'émotivité, pas celui de les éradiquer. Désormais, c'est sur le silence du téléphone portable que s'est cristallisée la douleur d'espérer, quand quelqu'un ou ce que nous attendons qu'il nous dise nous manque.

Pas de sonnerie familière, aucun signe sur l'écran vide. Et comme il nous faut toujours des mots pour confirmer nos états d'âme, le tapotage fébrile du 888 nous apporte bientôt la neutralité crispante de cette voix féminine : « vous n'avez aucun nouveau message ».

Il nous faut un peu de mauvaise foi pour trouver que cette formulation est particulièrement cruelle. En quoi la présence de messages envahissants qui ne seraient pas celui que nous attendons nous mettrait-elle du baume au cœur ?

Pourtant, la formulation négative de la phrase, et surtout la succession des trois mots aucun-nouveau-message est plus que glaciale. Elle semble dépasser son apparente objectivité, et manifester dans son excès de retenue une volonté sournoise de nous faire souffrir.

Message. Le mot est fort, porteur d'une humanité presque romantique. L'absence de message renvoie par contraste à la sécheresse clinique de notre situation expectante. Nouveau. Oui, c'est du nouveau que nous attendons, du nouveau que nous voulons expurger de cette boîte diabolique qui nous jette impudemment aux oreilles son refus de créer un autre présent, la seule chose que nous attendons d'elle.

Et puis *aucun*, surtout. Aucun nouveau message. Pas la moindre miette de communication

qui daignerait glisser vers votre misérable personne. À quoi bon vous acharner ? Vous n'êtes
pas plus fort que le silence, et puisque vous tenez
à ce qu'on vous le dise avec des mots, vous n'avez
aucun nouveau message.

s'acharner → to hound / thwart / pick on
/ make an example ?

La maison n'accepte plus
les chèques

Ils ont fait le maximum. Poussé la générosité jusqu'aux limites de l'inconscience. Ces derniers temps, ils n'étaient plus des restaurateurs, mais des prêteurs sans gages de convivialité bénévole. Ils ne faisaient pas les comptes. Le client est roi, tout ce qui leur importait c'était de se dévouer sans trêve, de donner du plaisir, du réconfort, du bonheur, peut-être. Mais trop c'est trop. On a usé et abusé de leur naïveté, de leur incommensurable humanité.

Il était temps. Juste avant l'étranglement, ils ont eu un sursaut. Douloureux. La défiance était si peu inscrite dans leur mode de vie, leur caractère. Ils ont pensé mettre un écriteau « La maison n'accepte pas les chèques ». C'était cruel, bien sûr. Réduire à tant d'inflexibilité des pourvoyeurs si doux. Puis ils se sont concertés. Non, vraiment, *la maison n'accepte pas les chèques*, c'était trop injuste. Ils auraient eu l'air de pratiquer une intransigeance insupportable, d'une brutalité contre-nature.

Alors ils ont trouvé ce *plus* qui change tout. La maison n'accepte plus les chèques. C'est sur le mur. Tout en bas du menu aussi. Les clients ne peuvent ignorer cette mise en garde sibylline, qui les prend à témoin de toutes les félonies commises par leurs semblables. Ils ne sont pas censés être accusés par ce passé douloureux. Mais comment ne pas se sentir si peu que ce soit de l'autre côté, du mauvais côté, du côté qui voulait faire rendre gorge à leurs hôtes candides et spoliés ?

D'ailleurs, ce ne sont pas des individus qui n'acceptent plus les chèques. C'est la maison. La maison, ce havre chaud, cette entité protectrice, chargée d'hérédité, au moins d'une volonté tutélaire, empreinte d'une dignité qui dépasse de loin les enjeux financiers. La maison, donc, a été outragée dans sa pérennité débonnaire. Elle reste ouverte, continue d'assurer son sacerdoce, héroïque et brave comme une veuve qui poursuivrait sa marche en claudiquant, écartant d'un geste magnanime tous les bras secourables. Simplement, sans se faire plaindre, qu'il lui soit permis de suggérer un peu tout ce qu'elle a su endurer. La maison vous fait l'honneur de ne plus accepter les chèques.

C'est moi![1]

La vie moderne a inventé ce bonheur. C'est le revers de tous les enfermements, de toutes les mises à distance, de toutes les méfiances occasionnées par le progrès. Avant on s'avançait, on entrait dans le champ visuel de l'autre, on le voyait sourire, bien sûr. Mais plus vive est la sensation de passer par la voix, le truchement d'un haut-parleur juste à côté d'un digicode, et de lancer « C'est moi! ». À distance du regard, plus besoin de pudeur pour dire la satisfaction profonde d'être celui, celle que l'autre attendait. On y met un élan, une fraîcheur dissipant toutes les fatigues, les mélancolies.

1. Merci, Marie D.

C'est moi. On ne sait pas toujours quel est ce moi. Il se dilue parfois dans des je hasardeux que l'on rassemble mal. C'est peut-être pour cela aussi qu'il y a ce regain d'enthousiasme dans cette fraction de seconde jubilatoire : le haut-parleur de l'interphone prend une vacance amplifiée où l'on va faire tomber une identité soudain reconstituée, parfaite. Pas moyen de faire chuter l'inflexion de la voix sur la seconde syllabe, de signifier : ce n'est que moi. Non, le moi monte vers l'aigu, l'exclamation, une sorte d'allégresse.

C'est très humble en même temps. Il y a des milliards d'habitants sur terre, et l'on n'est moi que pour un autre, deux au plus. Mais l'intensité du plaisir vient de cette singularité fantastique, inquiétante parfois mais protectrice à ce moment. En bas de l'immeuble on jette dans la boîte à voix une bouffée de froid roborative ou bien l'haleine de l'été. On vient vers celui qui nous sait. On lui apporte un tout petit nuage d'oxygène, un infime bouleversement du quotidien. *Pas moyen de trouver une place, je n'ai fait que courir depuis ce matin.* Ça, c'est juste pour donner le change quand on aura gravi des marches, emprunté l'ascenseur. Comme pour faire oublier cette ivresse de certitude : avoir été celui qui dit : « C'est moi ! »

Tout d'abord, bonjour !

On croyait avoir pris toutes les précautions d'usage pour s'adresser au vendeur, dans ce grand magasin à vocation essentiellement culturelle. Accroupi devant un rayonnage de CD, il vous tournait le dos. Vous a-t-il vu venir ? On n'en jurerait pas, mais on pense que oui. On pousse la mauvaise foi jusqu'à être sûr qu'il a accentué sa concentration rangeuse au moment où il a senti que vous vous approchiez. Votre « Excusez-moi de vous déranger, mais j'aurais voulu… » était-il à ce point bredouillé que la première partie s'en est perdue, peut-être avalée par le fond sonore diffusé dans l'espace ouaté ?

Toujours est-il que sa surprise affectée, son coup de tête dubitatif dans votre direction portent déjà toutes les marques du reproche. Ainsi, vraiment, il n'y avait pas un autre vendeur disponible, en position verticale, lui, quelqu'un que l'on n'eût pas offensé en l'arrachant à une posture physique servile et humiliante ? Son redressement pour venir à votre hauteur traduit déjà dans sa lenteur la mauvaise grâce provoquée par cet outrage. Mais quand les mots viennent à ses lèvres, c'est bien pire. L'hostilité amassée en quelques secondes par cette situation infiniment reproductible, mais dont il joue la singularité avec un indéniable talent, prend alors cette forme redoutable :

– Tout d'abord, bonjour !

Bonjour. Ah ! oui, vous êtes sans doute en faute aussi par absence de bonjour – encore qu'à la réflexion vous ne soyez pas persuadé de cette muflerie. Mais, troublé, presque déjà repentant, vous êtes désormais en position d'infériorité.

Tout d'abord, bonjour. Je suis un homme comme vous. Le rangement à croupetons est une des tâches qui me sont assignées, mais je pourrais vous donner des leçons sur les exigences de la civilité. Le pire est que le conseiller-ressource-clientèle (c'est à lui que l'on s'adresse à présent, et c'est vrai qu'on le considérait davantage comme un simple vendeur alors qu'il était à nos pieds) peut devenir d'une amabilité parfaitement insultante, puisqu'elle souligne moins la compétence professionnelle de ses indications qu'une qualité d'âme dont vous resterez dépourvu. Étrange scène, qui finit tout miel tout sucre avec de votre part un « merci beaucoup monsieur » des plus soufflés, qui ne remplacera jamais l'impossible et désespérément nécessaire : « Je vous promets, je ne vous prenais pas pour un esclave ! »

J'ai habité trois ans
rue Commines !

L'exclamation suit la révélation de votre adresse, rue du Pont-aux-Choux. Paris est grand, et les deux rues sont effectivement plus que voisines. L'enthousiasme suscité par cette révélation semble quand même bien surjoué. Petit détail amusant, révélateur de la nature humaine : l'enjouement est moins spectaculaire quand une personne habite réellement tout près de chez vous, et risque de vous croiser à tout moment. Mais la jovialité du rapprochement tient semble-t-il beaucoup à sa virtualité, qui n'engage rien ni personne.

Peut-être la personne concernée a-t-elle connu rue Commines un moment de son existence particulièrement heureux ? Elle vous abreuve en tout cas d'adresses de restaurants et de bistros, de librairies incontournables, dont il faudra faire votre miel. Elle vous donne presque un mode d'emploi de votre nouvelle vie. Pourquoi est-elle partie ? La seule évocation du nom de Pont-aux-Choux semble susciter en elle une nostalgie si attendrie – j'adore ce quartier.

Mais ne soyons pas injustement cruels. Une partie de son lyrisme semble bien sincère, et tient au plaisir toujours étonnant d'avoir ancré un territoire dans une abstraction qui nous dépasse. Paris est trop grand, trop fort, trop chargé d'Histoire et d'histoires. En disant j'habite rue du Pont-aux-Choux, vous avez cristallisé un apprivoisement d'autant plus cher qu'il est à présent révolu. Ah ! oui, c'était le temps de la rue Commines ! Je ne me le formulais pas moi-même ainsi, mais voilà que vous habitez rue du Pont-aux-Choux, et que tout se réveille, et que tout est fini, et que tout est fini parce que tout se réveille.

Et puis je vais vous faire
une confidence…

Depuis quelques minutes, cet homme politique interviewé dans une émission au long cours a trouvé une cadence alerte. Dans un premier temps, il a dû réfuter des objections prévisibles, mais qui donnaient à sa prestation le rythme d'un parcours d'obstacles. Et voilà qu'il s'envole, mis en confiance par la célérité de son élocution, le sentiment presque sportif d'être dans un bon jour. On lui laisse enfin la bride sur le cou, et c'est tellement plus facile alors de se sentir efficace, convaincant.

Presque naturellement, son débit de plus en plus maîtrisé monte vers une pause qui fait partie du rythme interne de la péroraison. Et voilà qu'il déclare, avec une petite intonation complice, le visage penché vers la journaliste qui l'interroge, le regard conciliant, partageur, la voix soudain plus basse :

– Et puis je vais vous faire une confidence…

Une confidence… Cette promesse sucrée dans un monde de brutes ne surprend pas – quand ils se croient en position définitivement victorieuse, les politiques finissent toujours par éprouver le besoin de faire une confidence. Est-ce bien le moment toutefois ? Des millions de gens vont partager l'intimité de cet épanchement. On est loin de l'ombre fraîche du confessionnal ; le soleil des projecteurs menace le maquillage.

S'il s'agit d'annoncer un niveau de vérité supérieur – et il semble bien que ce soit le cas –, cet aparté entache sensiblement tout ce qui précède et tout ce qui suit. On avoue qu'on était, qu'on sera dans la vérité relative, partisane, et qu'on les aura quittées seulement pour cette trop brève confidence.

Un petit sourire équivoque aux lèvres, la journaliste accueille avec un mélange de gourmandise et de prudence cet étalage d'une adroite maladresse. C'est un homme nu qui lui parle, mais ne va rien lui confier de bien secret – rien qui ne puisse être entendu par des millions de téléspectateurs. Cette part d'humanité coquette et trop soulignée, c'est encore de la politique. La ficelle était grosse, au yo-yo de la vérité.

Comment il l'a cassé !

Quelle expression nos ancêtres utilisaient-ils quand ils éprouvaient le réjouissement pervers de voir un acteur de la comédie humaine crucifié par un contradicteur ? Ce sport était à l'évidence abondamment pratiqué, dans les estaminets comme à la Cour – le film de Patrice Leconte *Ridicule* en est l'illustration la plus plausible et la plus raffinée.

Quand le Christ disait à saint Thomas : « Parce que tu as vu, Thomas, tu as cru. Heureux celui qui croit et ne voit pas », aucun des apôtres ne s'exclamait « Comment il l'a cassé ! », même si le sentiment éprouvé devait être assez proche.

« Comment il l'a cassé ! », c'est une phrase pour nous, pour aujourd'hui. Question de langage, registre entre familier et vulgaire. Question de nuance et de situation aussi. Notre temps adore que l'on casse, non pas dans un cénacle, une assemblée de beaux esprits, mais de préférence à la radio, à la télévision, pour des millions d'oreilles. Des émissions sont conçues dans cet unique but. Leur producteur réclame du sang, de la violence oratoire, un vainqueur et un vaincu, la seule recette pour rivaliser avec les larmes en termes d'audimat. Le cassage n'est plus une humeur mais une profession.

Certains chroniqueurs le pratiquent sans aucun danger, sans adversaire, bien au chaud dans un studio où les rires flagorneurs de leurs collègues font penser aux bandes enregistrées des séries anglo-saxonnes. Les cibles visées sont des plus récurrentes, les travers vilipendés doivent, pour être efficacement condamnés, provoquer le sté-réotype et le politiquement correct à tour de bras. Il n'est pas défendu de tirer sur les ambu-lances, sous des formes peu variées, soulignant par exemple le déclin des vedettes populaires avec des phrases qui ronronnent : « Elle vend de la moquette le samedi après-midi au Carrefour Vélizy. » Rien que du neuf.

Il semble bien pourtant que les grands du cas-sage ne soient que des succédanés d'enseignants redoutés. Oui, c'est dans les classes d'abord que naît ce voluptueux frémissement du « Comment il l'a cassé ! ». La victime évoquée n'est pas nécessairement haïe. Le cassage concerné est d'autant plus émoustillant qu'on aurait pu soi-même en être la victime. Beaucoup plus tard, on gardera cette disposition charitable en ne risquant plus rien. Les célébrités brocardées remplaceront les camarades. Plus de profs prédateurs, mais une vie morose qui trouve un producteur payé pour la venger.

Quand on est dedans,
elle est bonne

Bien sûr, on a davantage l'occasion de prononcer cette phrase sur une plage de Normandie, de Bretagne ou du Pas-de-Calais. Assis sur le sable, on supporte facilement un pull, et le vent souffle. Si on choisit finalement *d'y aller*, c'est moins par enthousiasme, par jubilation envisagée, que pour la satisfaction mentale *d'y être allé*, de ne pas connaître la petite défaite du renoncement.

On avance dans l'eau par étapes, l'orteil réticent, la sensation à mi-jambes plus encourageante, mais le passage en haut des cuisses puis surtout à mi-ventre franchement dissuasifs, et franchis seulement pour ne pas encourir une blessure d'amour-propre. Quand on se décide enfin à livrer tout le corps à l'élément liquide, les premières brasses sont encore réfrigérantes, en dépit de leur énergie précipitée. Mais c'est vrai qu'en deux ou trois minutes le mal s'apaise – il y aurait une certaine mauvaise foi à parler déjà de bien-être.

C'est pourtant ce dernier qu'on va revendiquer en s'adressant à ceux de la tribu qui n'ont pas encore tenté l'expérience. À la frange de l'eau, ils demeurent crispés, la moue aux lèvres, les bras croisés, souvent, une main venant frotter l'épaule opposée grelottante. On est sincère cependant en leur criant :

– Quand on est dedans, elle est bonne !

De louables intentions sont à l'origine de ce jugement qui ressemble beaucoup à une exhortation. Vous allez voir, c'est pour votre bien, juste un petit moment désagréable à traverser, et puis vous connaîtrez la même satisfaction que moi.

C'est là peut-être que la volupté promise n'est pas suffisamment incitative. Dans le meilleur des cas, vous éprouverez le même plaisir que moi. Votre courage à affronter les flots sera par contre déprécié, puisque je vous en aurai annoncé l'issue favorable. Ça ne sera plus une aventure : juste la confirmation du bien-fondé de ma pensée. La proximité affective joue plutôt à rebrousse-poil, dans ce cas-là. Le mimétisme promis n'a rien d'un nirvana, surtout s'il est précédé d'un didactisme enthousiaste dans la forme, mais un brin condescendant dans le fond. On a presque chaud d'y être allé, maintenant.

Pour la même raison trop claironnée, les autres ont de plus en plus froid, et n'iront pas.

Les mots sont dérisoires

S'il y a une occasion, une seule, où l'on voudrait fuir la moindre approche de cliché, c'est celle-là. Prendre une feuille, blanche évidemment. Attendre, le stylo à la main. Attendre est une prière. Ne pas trouver tout de suite surtout. Ne pas écrire serait obscène. Mais écrire est obscène aussi. Comment parler de la mort à celui, celle qui vient d'en être touché cent fois, mille fois plus que soi ? Comment parler à celui, celle que la mort vient d'envoyer à la dérive sur un autre continent ?

Alors on hésite longtemps, mais quand le stylo vient toucher la feuille, on commence par cette phrase étrange : les mots sont dérisoires. On aurait pu la tracer tout de suite. Elle eût été tout autre. Une facilité sociale comme il y en a dans ces cas-là, comme il y en a pour tous les cas, avec peut-être le verbe *toucher* au milieu de sept ou huit lignes, et pour la fin les condoléances les plus attristées.

Mais non. On a vraiment fait le silence devant la feuille blanche, le stylo en main. On a vraiment pesé chacun des mots qui disent l'impuissance du langage. La phrase qui suivra pourra commencer par un *pourtant*. Pourquoi, puisque les mots sont dérisoires ? Mais les phrases qui suivront pourront tout à coup évoquer des souvenirs précis, des moments partagés, des odeurs, des saveurs, et même des j'aimais bien quand on restait le dimanche soir chez vous, l'été. On sortait la table près du chèvrefeuille, à la fin du repas tu lui disais tu ne vas pas empester la nuit avec ton cigare et il te répondait je vais. J'aimais l'air si résolu qu'il prenait pour te faire enrager. Oui, tout un déferlement de phrases comme ça qui font pleurer et sourire en écrivant, et dont on sait qu'elles feront pleurer et sourire. On n'aurait pu les écrire d'emblée. On a le droit de lâcher la bonde seulement parce qu'on a pesé mot à mot la phrase qui condamnait les mots. On ne la remet pas en cause.

Les mots qui vont au-delà de la mort ne sont plus du langage. Dérisoires au regard du silence éternel des espaces infinis qui effrayaient Pascal et nous effraient. Dérisoires et pourtant…

J'en parle dans le livre

Il s'agit d'un ouvrage documentaire, un livre consacré à un célèbre acteur de cinéma disparu. L'auteur a été invité à la radio en raison de la notoriété de son sujet, à l'occasion d'un anniversaire. L'animateur a clairement cité les références du livre au début de l'émission, gratifiant même son contenu d'une épithète avantageuse. Mais on le sent vite, cette parution éditoriale n'est qu'un prétexte à parler du comédien « qui nous manque tellement », « encore si présent dans le cœur des Français ». Les conventions médiatiques de l'exercice semblent de bon aloi. L'assistant réalisateur a fouillé dans les archives, et le dialogue est émaillé d'extraits sonores de films. Le ton de l'émission, d'abord un peu compassé, prend de la vie en abordant quelques anecdotes de tournage. Il y a des rires, la surprise un peu surjouée de l'animateur, l'enthousiasme en retour de l'auteur, qui redouble de précisions dont on lui fait sentir qu'elles deviennent envahissantes, en raison de la proximité d'un spot publicitaire à l'horaire intangible.

Est-ce ce rappel au rapport de force qui traverse soudain la conscience du biographe, et froisse sa susceptibilité ? Peut-être, d'autant qu'après cette interruption imposée le journaliste a omis de rappeler le titre du livre et le nom de son auteur. Une imperceptible fêlure dans le naturel de la conversation peut se percevoir alors. L'animateur est à présent complètement immergé dans l'intimité du comédien, il se régale du caractère inédit de certaines révélations. Mais l'auteur, tout en continuant à simuler la bonhomie, est désormais en état de manque. Il finit par prononcer la phrase qu'il ne fallait pas : « J'en parle dans le livre. »

Oh, c'est placé en incidente, presque mine de rien. Mais cette autopromotion a quelque chose de navrant et d'irrémédiable, l'auteur le sent tout de suite – et trop tard. On devine assez bien une pensée probable de l'animateur… Tout le monde s'en fout, de son bouquin. Quant à l'auteur, s'il a fini par oser cette tentative catastrophique, c'est qu'il commençait à saisir l'enjeu dévoyé de sa présence. Les auditeurs se contenteront de cette émission, ils ne se rueront pas sur son livre. Mais lui est venu vendre, ce qui n'a rien d'infamant dans le non-dit, mais devient obscène quand on souligne soi-même la démarche. Il était un témoin omniscient. Le « J'en parle dans le livre » en fait un pitoyable commerçant.

Nous vous invitons
à vous rapprocher

Il est toujours de mise, le grommellement indistinct des *Vacances de M. Hulot* qui précipite tous les estivants vers un souterrain puis un autre, dans l'incertitude de l'annonce qui vient de leur être faite sur le quai. Mais même quand le message se détache clairement dans la gare, on entend des choses un peu étranges. Ainsi cette formule, très utilisée désormais, qui suit la nouvelle plutôt récurrente d'une perturbation sur votre ligne : « Nous vous invitons à vous rapprocher d'un agent de la SNCF, afin de… »

Nous vous invitons à vous rapprocher… Il serait certes maladroit d'intimer à chacun l'ordre d'entrer en collision avec un agent de la SNCF. La douceur est bienvenue. Mais cette notion de rapprochement recèle aussi une dose assez savoureuse d'absurdité. On se doute bien qu'elle a été choisie, après un long débat, par un expert en communication encore plus matois que les autres.

Mais jusqu'où se rapprocher ? S'il s'agit de claironner aux oreilles de l'employé l'intensité de votre insatisfaction, une distance conséquente est préférable pour lui. Mais ce n'est pas cela qui est envisagé. Le seul emploi du verbe rapprocher suppose une promesse d'échange tout en courtoisie, tout en velours. Et puis ce ne sont pas les employés qui donneront des informations. C'est vous qui entreprendrez les manœuvres d'approche. Vous serez donc en position d'infériorité. Sans déflorer l'intégrité physique des respectables salariés de la SNCF contraints de subir l'agression répétée d'usagers audacieusement demandeurs d'éclaircissements sur leur destin ferroviaire – et même si votre idée première n'était pas de les violer ni de les attaquer à la machette –, vous pourrez vous en rapprocher.

Finalement, c'est davantage l'idée du maintien d'une certaine distance qui domine dans le message. Vous n'aurez pas accès à des moyens de rétorsion physique ou mentale. Mais en respectabilité réciproque, et disons jusqu'à cinquante centimètres de distance, sans utilisation de la gégène aux aveux, vous pourrez vous rapprocher.

C'est du triplex !

Je l'aime plus que bien, le vieux monsieur qui me raconte tout ça. Il a fait un peu de boxe lui-même. Surtout, il a fréquenté les salles de boxe en spectateur, dans les années trente, trente-cinq. L'Élysée-Montmartre, le Central. J'ai vu des photos en noir et blanc, la fumée, la lampe au dessus du ring. Les marlous, quelques filles. Un public populaire surtout, dont je ne pourrais guère imaginer les manifestations si je n'avais mon confident. Ainsi, cette tradition : quand le speaker présentait les deux adversaires, il commençait : « À ma gauche... 1 mètre 75, 68 kilos, 36 victoires... » Le public démarrait pile à la fin de l'annonce en s'écriant : « C'est lui ! » Imperturbable, le présentateur annonçait alors « À ma droite... », sachant que sa minibiographie serait immédiatement suivie d'un fervent « C'est l'autre ! ». Une mise en condition des plus festives, promettant déjà les exploits vocaux plus individuels qui émailleraient le déroulement du combat.

Une anecdote entre mille me ravit. Elle concerne le boxeur français poids welter Gustave Humery, puncheur patenté, mais doté si l'on peut dire d'un talon d'Achille situé à l'autre extrémité du corps qui lui valait l'appellation périphrastique de « l'homme à la mâchoire de verre ». De quoi inquiéter ses supporters du Central, qui le voyaient affronter ce soir-là le Roumain Popescu, autre frappeur, et champion d'Europe de la catégorie. Le début du combat se passe plutôt bien pour Humery, mais à la fin du premier round, on croit au drame. On a bien vu Popescu lui porter un direct à la mâchoire, qui a atteint son but. Le public retient son souffle, persuadé que le match aura duré trois minutes. Mais à la surprise générale, on voit alors Gustave Humery s'ébrouer, puis regagner son coin sans paraître plus affecté que cela. Et dans le bichonnage rituel qui suit le premier acte, on entend une voix choisir le bon moment, le presque silence, pour lancer cette phrase d'anthologie : « Dis donc, Tatave, c'est plus du verre, c'est du triplex ! »

Faubourg Saint-Denis. Le Central. Paris des années trente…

C'est presque
de mauvais goût

On dit cela devant un paysage. On le trouve très beau, tout le monde dans le petit groupe est bien d'accord. Il y a eu des commentaires admiratifs qui sont montés crescendo, puis un silence, ensemble. On s'est assis sur l'herbe. Le soleil couchant nimbe à présent les nuages d'une aura biblique, les éclats de ciel bleu tournent au mauve orangé, sur fond de sommets enneigés. La petite phrase tombe enfin. Elle fait partie du scénario. « C'est presque de mauvais goût. »

Étonnant, ce réflexe. On était bien d'accord pour se laisser submerger par un paroxysme écologique, point d'orgue d'une longue marche dans la montagne. Et tout d'un coup ce besoin de dévaloriser l'image inventée pas à pas, de l'arracher à la fatigue de la balade, en la situant objectivement dans un code où le cliché, à peine développé, se trouve réduit à la fois à ce qu'il est et à ce qu'il n'est pas.

À ce qu'il est, coucher de soleil kitschissime d'un dixneuviémisme insupportablement romantique si la référence est picturale, et pire encore si l'on pense à une photo, de celles qui font grincer des dents dans les éditions bon marché sur papier outrageusement glacé.

Mais à ce qu'il n'est pas, aussi, car la petite phrase dit bien *presque*. Presque de mauvais goût. Oui, nous possédons les armes pour situer ce panorama dans un registre artistique des plus datés, voire écœurants, mais c'est aussi une manière de refuser le registre artistique, de dire que les nuages et le soleil couchant si culturellement ringards sont pour un soir plus beaux que ce qu'ils sont, qu'ils appartiennent à autre chose, à un silence qu'il serait injuste de noter. Oublions la scolarité de nos regards formatés. La beauté de la réalité ne peut-elle échapper au culturel ?

Le paysage est vacciné par ce *presque*, mi-supérieur, mi-honteux. Oui, c'est de mauvais goût, mais c'est très beau.

J'étais pas né

Celle-là, elle a la palme. Tout en haut du podium des phrases les plus stupides et les plus agaçantes. Elle a certes l'excuse de répondre parfois à un étonnement mal maîtrisé :

– Vous ne connaissez pas… ?

Mais la réponse, lancée avec une hostilité boudeuse et néanmoins triomphante, est devenue un classique de ce jeu télévisé. Non, je ne connais pas ce tube planétaire des Beatles, ce discours du Président Kennedy à Berlin, le titre du premier roman de Françoise Sagan. L'absence de ces connaissances n'a rien en soi de stupéfiant. Mais c'est la raison invoquée qui est en cause, en ce qu'elle veut transformer l'insuffisance en supériorité : vous connaissez la réponse parce que vous êtes vieux, je l'ignore parce que je suis jeune.

Alors Rembrandt, Victor Hugo, Pascal, pas davantage ? Une attitude tellement ridicule que son interprète le sent bien, d'ordinaire, et se voit contraint de la revendiquer rétrospectivement comme une boutade, seul moyen de garder la face dans une situation où il faut avaliser son élimination sans trop déchoir. Certains toutefois répètent d'un ton buté, comme si c'était la clé du monde : « J'étais pas né », avec une avancée du menton qui évoque le mâchouillement obstiné d'un éternel chewing-gum.

Dans un autre jeu, les vieux ont leur propre idiotie défensive, qui prend la forme d'un « Je connaissais les réponses, mais ça va trop vite », et on n'ose pas toujours leur demander pourquoi ils viennent si spontanément risquer le ridicule dans une compétition manifestement basée sur la vitesse.

Mais du « J'étais pas né » il reste quelque chose de plus désagréable. L'idée que derrière le révélateur de la culture se cache une façon de vivre dans un univers différent, partagé seulement pour l'apparence. Qu'un début de personnalité trouverait son essence dans une appartenance à une classe d'âge, si tant est que les émetteurs de cette sentence puissent avoir une personnalité.

Question à mille euros : « Vous connaissez la bêtise ? » Levez les yeux au ciel, cherchez. Vous étiez déjà né.

Alleeez

Je sais. Il n'est pas facile à orthographier, ce faux encouragement qu'il ne faudrait surtout pas ponctuer par un point d'exclamation, en dépit du recours au mode impératif. Mais tous les amateurs de tennis le connaissent. Et l'exècrent. Il prend en otage le court Philippe-Chatrier quelques fractions de seconde avant le service, dans le presque silence d'un sport qui se voudrait civilisé. Pas dans une finale ou une demi-finale, car il recevrait alors en échange une bronca d'irritation qui lui couperait le sifflet. La lâcheté se situe toujours dans un rapport de force.

Que veut-il dire, cet « alleeez » ? Eh bien rien, le plus souvent. Il pourrait s'en prendre à l'aspect lénifiant d'un match dans lequel les adversaires proposent un spectacle médiocre. Car l'accentuation semble transparente : « On s'ennuie, secouez-vous un peu les puces ! » Eh bien même pas. Le plus agaçant précisément dans l'« alleeez » est qu'il intervient dans un moment qui vous passionne. Qui passionne tout le monde. Sauf, apparemment, un individu mâle. Ah ! oui, c'est une spécificité de l'« alleeez » : vous ne l'entendez jamais prononcé par une voix de femme. Elles sont pourtant bien représentées à Roland-Garros. Mais tout se passe comme si l'expression de l'imbécillité sur les stades devait rester un apanage viril. Il y a beaucoup de jolies jeunes femmes horripilantes dans les loges de Roland, qui ne suivent pas une seconde le match. Mais bon. Elles se taisent, et servent de plans de coupe un peu ringards pour la télé.

Le « alleeez » ne monte pas des loges. Il tombe du haut des tribunes. Est-il pour autant prolétaire ? La réponse est non. Pas besoin de détailler le prix des places, ou le niveau social qui peut donner droit à une entrée gratuite dans le saint des saints. Le proférateur de « alleeez » n'est pas un gavroche impertinent venant secouer le monde de la petite balle jaune. Simplement un gêneur pas gêné qui voudrait imposer la tonalité de son propre désabusement au cœur de la passion qui le dérange. On n'est pas au foot. Ce n'est pas grossier. Mais c'est parfaitement vulgaire. Je ne sais pas le sens précis de cet « alleeez ». Mais je sais qui le prononce. Un petit branleur, plutôt friqué. Un petit con.

Je garde mon maître

Sur les portails des jardins, les plaques « Attention au chien » dominent encore en nombre. Les « Attention chien méchant » à la philosophie tout aussi ambiguë reculent nettement. Ne citons que pour l'anecdote le savoureux « chat gentil », qui n'a pas fait florès. Mais un nouveau message se répand désormais, assorti de la photo d'une tête de dogue très peu amène, dont le regard vous fixe avec hostilité. La phrase qui l'accompagne est exquise : « Je garde mon maître. » Notons que les fabricants de cet écriteau raffiné n'ont pas envisagé d'utiliser le pluriel, encore moins pensé que le chien puisse avoir une maîtresse. Non, cela reste au niveau du viril et du mastoc, et ça se vend très bien.

Je garde mon maître. Il ne s'agit plus de requérir une attention, pour susciter certaines précautions des visiteurs. C'est seulement une menace, une violence justifiée par avance. Si le mastard vous dévore, il n'aura accompli qu'un travail justifié, sa seule raison d'être.

L'aspect le plus horripilant de cette intimidation canine réside dans l'anthropomorphisme de la formulation. C'est le chien qui a la parole. À la première personne, il déclare la guerre à tout visiteur inopiné, fût-il demandeur de secours, ou même seulement facteur porteur d'un colis.

Cette mauvaise humeur belliqueuse n'est pourtant que celle du maître, le vocable n'est pas choisi par hasard. Un maître, quelqu'un qui domine son sujet, et dont on devine déjà que s'il devait se définir lui-même, il affirmerait subtilement qu'il n'est « ni une gonzesse ni un pédé ». Et puisque ce La Fontaine des profondeurs aime s'exprimer par le truchement de son double animalier, n'hésitons pas à lui prêter des opinions politiques assez précises, de celles qui ne profitent pas essentiellement aux émigrés. On n'envisage pas de toucher à son portail. Hélas, il a gagné. Ça fait peur.

C'est à voir

Entendons-nous bien. Il ne s'agit pas du « C'est à voir » sceptique, du c'est à voir de celui qui doute du bien-fondé des arguments qu'on lui oppose.

Non, c'est un c'est à voir d'essence touristique, succédant à la question que l'on avait posée par courtoisie :

– Alors, ce voyage au Kenya ?

Pas d'enthousiasme effréné, mais le temps pris d'une estimation objective, et une espèce de concession conciliante :

– C'est à voir !

Saluons d'abord l'habileté de cette réaction. Avec son détachement, sa rigueur, elle renvoie dos à dos ceux qui se pâment en évoquant la luxuriance de la faune kenyane et ceux qui n'auront jamais la curiosité d'aller l'admirer de plus près.

Mais plus secrètement, le c'est à voir kenyan révèle une philosophie, et peut-être une éthique. Il y a une liste, un certain nombre de choses à voir et à faire. En se rendant à Nairobi, on n'a pas cédé à une impulsivité passionnée, on n'a pas réalisé un rêve. Sur le petit carnet du monde, on a simplement effacé d'un trait de crayon la ligne safari au Kenya, entre la ligne croisière sur le Nil et la ligne randonnée pédestre en Islande. Pas de frénésie découvreuse, mais une politesse minimale accordée aux merveilles de la planète.

Que cherche celui qui reviendra en disant c'est à voir ? Des atmosphères, des odeurs, des couleurs, une façon de vivre différente ? Tout cela, sans doute. Mais peut-être davantage que la jubilation de voir et de sentir, la satisfaction mentale d'avoir vu, d'avoir senti. Il n'est pas snob. Il n'évoquera pas tel aspect anecdotique de la Patagonie qui vous resterait à jamais inaccessible. Il ne vous assénera pas même le « Venise, c'est en janvier ! » politiquement correct qui va fleurir encore quelques années.

Il est honnête, et consciencieux. Heureux certainement d'avoir donné chair à l'un des passages obligés de la liste. Et plus heureux encore qu'il y ait une liste. À l'issue du parcours, il n'aura pas tout biffé. Mais bien assez pour confirmer, sans exultation ni regret : la vie, c'était à voir.

J'ai fait cinq ans de piano

Ah, la mélancolie des pianos silencieux ! Elle tient de la place dans l'espace, et plus encore dans les esprits. « J'ai fait cinq ans de piano. » La formule est presque toujours résignée. « J'ai essayé de m'y remettre, mais c'est difficile. La souplesse des doigts… Et puis, jouer pour qui ? »

C'est vrai, s'il s'agit de dérouler les délicatesses effleurées mais jamais maîtrisées de *La Lettre à Élise*… Un peu plus d'autosatisfaction à retrouver ce prélude de Bach, toujours le même, ou le mouvement lent de *La Sonate au clair de lune*. Mais quoi ? On y réveille en pire son impuissance d'autrefois. Derrière ce petit arsenal de morceaux classiques à effet se lève une mélancolie rétive – l'idée qu'on n'a pas pu susciter la mélancolie.

J'ai fait cinq ans de piano. Oh, on ne rêvait pas d'être un artiste ! Il aurait fallu bien davantage de temps, une rigueur presque effrayante. Cinq ans de piano, c'est cinq années de cours plutôt désagréables, parce qu'on n'avait pas assez travaillé dans la semaine. « Tu as fait ton piano ? » Une petite phrase qui rappelle que les parents paient pour ça. Rappelle surtout qu'ils espèrent voir naître quelque chose, peut-être le dimanche après-midi, quand les invités touillent leur café dans un demi-silence horripilant d'ostentation.

Bien sûr, on entend quelquefois « J'ai fait cinq ans de guitare, cinq ans de football, ou cinq ans de gymnastique ». Mais beaucoup plus souvent : « J'ai fait cinq ans de piano. »

Comme si dormaient dans ces sept mots tous les secrets des émotions qu'on n'a pas su atteindre, ou provoquer. Comme si un pouvoir s'était douloureusement refermé, la clé perdue d'une porte inconnue. J'ai essayé un peu, mais les jours sont étroits.

Joli chapeau madame

Je retrouve des madeleines de Proust dans les phrases qui ont commenté le spectacle sportif, et sont tombées en désuétude. « Van Sam cherche un partenaire démarqué, le trouve en la personne de… » Ça, c'était le dimanche après-midi, tout début des années soixante, le poste de radio à œilleton phosphorescent. Peu après, on a eu la télé, et Mario Beunat nous gratifiait d'un « malgré une domination toute platonique… » Les périphrases ont évolué aussi. On parle toujours des Phocéens, des Galactiques. Mais qui oserait encore évoquer les joueurs d'outre-Quiévrain ? Après, il y eut surenchère d'expressions populaires, du sous-Audiard à la commande, genre « Il n'a pas fait le voyage pour rien ». C'était hier, mais c'est déjà daté.

Ce qui me donne le plus le sentiment d'un temps révolu n'est pas le souvenir le plus ancien. C'est le « joli chapeau madame ». Le « joli chapeau madame » fut, jusqu'au début des années 2000, l'apanage de Michel Dhrey à Roland-Garros. Entre les changements de côté, la caméra fouillait les loges et les travées, s'attardait sur les visages féminins les plus séduisants. On était loin de la réaction épileptique du supporter de foot se voyant filmé sur l'écran de contrôle diffusé dans le stade et bourrant son voisin de coups de poing : « C'est nous, c'est nous, on passe à la télé ! »

Non. La jeune personne affectait quelques instants de ne pas ressentir l'insistance de l'objectif. Quand celle-ci devenait trop manifeste, elle souriait, à peine si les hommages à sa beauté étaient monnaie courante, plus franchement s'il s'agissait d'une surprise relative.

Le léger temps mort était moins systématiquement habité par un spot publicitaire. Michel Dhrey avait le temps de suspendre sa conversation sportive avec Jean-Paul Loth. Il se mettait à parler de la chaleur, à saluer au passage par la simple mention de leur nom les Jean-Paul Belmondo, les Patrick Bruel et les Pierre Richard fidèlement installés autour du Central. Mais je crois que sa délectation suprême consistait à pouvoir habiller une image féminine d'un « joli chapeau madame » respectueux et velouté. On baignait là dans une galanterie déjà un peu surannée à l'époque, mais qui jouait ton sur ton avec le monde du tennis. Le bon peuple accédait à la cérémonie, mais il approuvait à distance. Joli chapeau madame.

Sinon, moi
je peux vous emmener

Il y a des générosités si tardivement exprimées, si réticentes, à l'avance si soulagées de ne pas se voir raisonnablement envisagées, qu'elles apparaissent d'emblée pour ce qu'elles sont : de la courtoisie sous contrainte. Ainsi, cette personne vient d'évoquer à grand renfort de détails tous les problèmes qui vont présider à un déplacement matinal, crainte d'un mouvement de grève de la SNCF, obligation de dépendre d'une correspondance des plus minutées, difficultés en tous genres : je pourrais bien demander à ma mère de me prêter sa voiture, mais ce jour-là justement...

Autour de la table, des propositions ont été faites, et ont tour à tour été repoussées. Un seul des commensaux n'a pas encore ouvert la bouche. La seule prolongation de ce silence finit par susciter une offre molle, sous une forme on ne peut plus restrictive, presque comique dans son absence de conviction : « Sinon, moi je peux vous emmener. »

Ah ! ce *sinon* ! On le traduira de bien des manières. Il peut contenir de l'agacement : « Écoutez, on ne va pas y passer trois heures, je ne vous cache pas que ça me dérange, mais ça m'ennuie encore davantage de voir tourner la conversation d'une soirée entière autour d'une question aussi dérisoire. »

Mais on peut y sentir aussi un pragmatisme plutôt satisfait : « Je n'ai peut-être pas l'air d'être le plus charitable, mais c'est quand même de moi que peut venir la solution, sans ostentation, sans fla-fla. »

En même temps, le *sinon* recèle une connotation morale plus sévère que sa formulation ne le laisse supposer : « Si vraiment vous êtes assez inconséquent(e) pour dépendre des autres à ce point, sachez qu'ils peuvent tout à la fois vous satisfaire et vous manifester que votre comportement est des plus contraignants. »

Ne vous y trompez pas. Il est très infamant d'être dépendant du *sinon*.

On ne vous voit pas
assez souvent !

Ah ! le sourire amer de la chanteuse qui vient d'entendre ces mots proférés à l'issue d'un spectacle, au cours de la séance de dédicaces ! Il s'agit de faire face à de la gentillesse, ce qui est toujours plus compliqué que de se heurter à la méchanceté. Mais cette affabilité-là est redoutable. Elle a tellement le don de poser le doigt où ça fait mal qu'il est difficile pour l'artiste de ne pas l'écarter avec un :

– Dites-le plutôt aux producteurs d'émissions télévisées ! Moi, vous savez…

Mais ce n'était pas ce qu'il eût fallu répondre, et la phrase reste en suspens. La chanteuse s'en rend compte. Elle va décevoir cette fan inconditionnelle – on achète tous vos disques, on se les passe en boucle, à la maison…

L'artiste est tout simplement en train de révéler que sa discrétion n'a rien de délibéré, qu'elle n'est pas choisie, mais imposée. En quelques secondes, son image précieuse de marginalité têtue se lézarde. Son public le plus fidèle avait fait de sa position de retrait l'essence d'une production singulière dont on savait chasser la trace pour la mériter. Il fallait du talent pour être au courant de son spectacle – le talent même que la chanteuse prodiguait sur scène, un talent pour initiés. Le « on ne vous voit pas assez souvent » était un compliment subtil, un faux reproche. La réponse de l'artiste, lâchant la bonde d'une irrépressible irritation, remet en cause la précarité sanctifiée de ce rendez-vous trop rare.

Mais la déception est réciproque. Pas si agréable d'avoir comme garde rapprochée d'admirateurs un public assez benêt pour penser que vous prenez la fuite dès qu'on vous propose une émission en prime time. Pas si agréable surtout de penser que votre supposé public choisi est convaincu que tout est bien, les grosses stars sirupeuses envahissent les têtes de gondole, c'en est presque une malédiction pour elles, et vous avez choisi d'occuper seulement le fond des bacs, où il faut vous chercher à demi accroupi dans le meilleur des cas, voire réclamer au vendeur :

– Oui, je l'ai eu, mais pas en ce moment. Je peux le commander, si vous voulez.

Pour cette spectatrice-là, votre disparition n'est pas envisageable. Vous êtes juste un peu coquette, trop exigeante surtout. Vous ne pouvez lui donner tort et vous détestez son amour, si niaisement confiant dans le système. C'est elle, c'est une autre, toujours si fière de son analyse, si pesamment complice. Il est tard. La séance de dédicaces est un peu humiliante. Cette groupie embarrassante, vous la voyez bien trop souvent.

Et là, c'en était pas une ?[1]

Embarqués en qualité de passagers dans la voiture, on vient de faire pour la troisième fois le tour du pâté de maisons. On n'était pas en avance, mais le retard commence à prendre des proportions légèrement inconvenantes :

– Appelle-les, dis-leur qu'on a un mal fou pour se garer !

La nervosité du chauffeur est devenue patente :

– Je vous dépose, et je vais au parking Saint-Sulpice.

– Tu es fou ! Tu en as pour une demi-heure à pied, et il tombe des cordes ! Non, on cherche encore.

On cherche. On sent qu'il faut rester très diplomates dans la suggestion pour ne pas irriter

1. Merci, Vincent.

irrémédiablement le conducteur. Depuis quelques minutes, il roule un peu trop vite pour un chercheur de place. Est-ce pour cela qu'on formule cette phrase qui vient toujours, dans ces cas-là : « Et là, c'en était pas une ? »

Qu'il est joli, cet imparfait ! Comment peut-on charger un temps verbal de connotations si contradictoires ? Une forme de pleutrerie d'abord. On ne saurait imposer frontalement au maître du volant, au pilote des destinées, l'idée qu'il a tout simplement ignoré une opportunité unique. Un effort de participation aussi. Bien sûr on va se laisser chouchouter, emmener, mais il serait quand même décent de manifester un peu d'initiative. Une prudence cauteleuse aussi. Si la place entr'aperçue se révélait trop petite, si les efforts scabreux pour la rallier en marche arrière s'avéraient inutiles, il est raisonnable de la considérer comme une possibilité déjà condamnée. C'est le cas, de toute façon, puisqu'un coup d'œil sur le rétroviseur latéral vous a déjà indiqué que vous étiez suivis.

Malgré toutes les précautions englobées par l'imparfait de « c'en était » cette proposition tombera toujours mal, car vous ne pourrez la faire que d'un ton posé, afin de ne pas mettre d'huile sur le feu. Dans l'urgence du combat, votre sérénité simulée deviendra quand même une offense, tant elle contrastera avec l'excitation montante du chauffeur, et sonnera à ses oreilles comme un reproche pour son manque d'équanimité. Plutôt que d'exploser dans un « Tu ne pouvais pas le dire plus tôt ? » qui lui ferait perdre la face, il grommellera, bref coup d'œil à l'appui, « Non non, c'était une porte cochère ».

Pour dissiper l'orage, le mieux est de s'enfuir dans la généralité consensuelle, en dépassant même le contexte automobile. Je ne sais pas comment ils font. Ça devient impossible de vivre à Paris.

Je préfère Le Havre
à Rouen

En préférant Trouville à Deauville, vous étiez dans le consensus mou. Tout le monde approuvait votre adhésion sous-jacente à la simplicité triomphant du luxe. Mais en élisant Rouen contre Le Havre, vous prenez un risque beaucoup plus grand. Disons-le : vous êtes battu. On vous le concédera avec une réticence dans l'ouverture des lèvres : Rouen est une très jolie ville, et même une très belle ville. Les adjectifs « jolie » et « belle » seront d'emblée chargés de connotations restrictives. *Jolie* sera la traduction de *mignarde*, et *belle* de *trop bien léchée*.

Car assumer le choix du Havre relève d'une vision des choses nettement plus conceptuelle et moderniste. Pendant longtemps, après la reconstruction de l'après-guerre, l'atmosphère de la ville fut souvent qualifiée de soviétique, avec ses vents violents s'engouffrant dans les rues larges aux coins froids. Une allusion politique souterraine n'était pas évoquée, mais avait sa place dans ce jugement esthétique. Des noms de créateurs circulaient déjà, et les cultureux de passage relevaient une incontestable vitalité, mais presque tout le monde s'accordait à dire que Le Havre, c'était bien laid, et qu'en tout cas on n'irait pas y passer ses vacances.

Et puis miracle : soixante ans après, le béton est devenu mode. Le talent de Jean Nouvel venant souffler sur la braise des mânes un peu refroidis d'Auguste Perret n'est pas étranger à ce changement radical de perspective, mais ne confondons pas les causes et les conséquences.

C'est le béton qui a gagné. Oui, le béton est beau, désormais. Mais surtout, le béton a raison. Il a remporté ce type de victoire intellectuelle qui trouve sa force dans l'accomplissement tardif du paradoxe. Ne cherchez pas à relativiser cette supériorité mentale du gris compact. Vous ne seriez pas à côté de la plaque. Vous iriez dans le mur.

C'est peut-être mieux
comme ça

Si la sagesse salue la résignation, c'est que la vie est triste. Bien sûr, les contextes où l'on peut entendre « C'est peut-être mieux comme ça » sont multiples. Mais la séparation amoureuse domine, en nombre et en intensité. Il y a toujours un quitteur et un quitté, aucune phrase n'y peut rien, et surtout pas celle-ci, qui voudrait réduire la fracture, avec effet anesthésiant. Mais ce n'est pas possible. La musique même de ces mots est cadencée dans un registre d'amertume et de mélancolie poignant. C'est le ou la quitté(e) qui dit cela, avec un air faussement résolu, une petite avancée pitoyable du menton, le regard qui passe au-dessus de l'ami, de l'amie – il ne faut rien répondre.

Le pire, c'est que le délaissé a toujours raison. Seul le *peut-être* est de trop. Comme il est joli, ce peut-être. Il contient toutes les illusions mal effacées, les sources mêmes du malentendu prévisible, encore avivées par les bons moments vécus ensemble, les rêves qu'on croyait partager. C'est le peut-être, qui fait mal. Au cœur d'un jugement presque objectif – oui, c'est mieux comme ça – on se donne avec le peut-être le coup de couteau douloureux de l'espérance, il n'y aura pas de cicatrisation.

Mais le *mieux* est fort aussi. Ce qu'on appelle mieux, c'est le moins bien, le retour à une estimation restrictive de sa propre vie. Il va falloir se contenter d'être sage, minorer ses jours, ses joies, ses peines, ne plus croire à ce qui n'était pas fait pour soi. Il y a quelqu'un derrière évidemment, quelqu'un qui nous dit que notre vie ne lui fait plus envie. Souffre-t-on davantage de désirer encore la vie de l'autre, ou de ne plus être pour lui une vie désirée ?

Avec cette phrase on revient à soi-même, à un plus petit soi, que l'on maîtrise avec beaucoup trop de justesse. L'amour était tout le contraire, ce n'était pas peut-être ou mieux. C'était comme ça.

C'est très bien fait

La plupart du temps, il s'agit d'un film, une superproduction des plus envahissantes, bénéficiant d'une campagne promotionnelle multipliant les licences commerciales, déclinée sous forme d'albums pour les enfants, de tee-shirts, et même d'incrustations dans les cabines des photomatons. L'esthétique poisseuse des effets spéciaux entr'aperçus à la télévision, les couleurs criardes de l'affiche vous ont fait grincer des dents. Mais il peut aussi s'agir d'un livre, un phénomène de librairie très organisé, enquête policière sur fond d'initiation mystique, le titre sur la couverture en caractères gothiques dorés, avec un effet de relief.

Devant l'avalanche des messages concernant ces éblouissantes productions, vous avez cru anodin de manifester une horripilation qui vous semblait élémentaire, dans cette soirée entre amis. L'équilibre de la conversation s'annonçait conforme à ce qu'il est presque toujours : une dominante d'adhésions diverses, notamment aux opinions de la maîtresse de maison, dont on respecte à la fois l'enthousiasme pour le dernier Modiano et le cake aux olives, et de petites dissensions subtiles préservant la subtilité de chacun.

On ne pensait guère briser le consensus en reprenant une part de brie tout en fustigeant l'omniprésence de cette énième daube hollywoodienne répandue par tous les interstices de la communication. On aurait dû se méfier. Au grommellement approbatif général a succédé un presque silence, et la phrase est tombée :

– C'est très bien fait.

C'est très bien fait. Traduisez d'abord par : moi au moins j'ai lu, j'ai vu, je parle en connaissance de cause. Mais il y a bien davantage dans le *c'est très bien fait*. Je ne suis pas sectaire, n'ai pas d'a priori. Devant les phénomènes qui comptent dans notre société, je n'ai pas de repli élitiste frileux. Je fais partie du monde. Certes, je ne vous dirai pas que j'ai atteint un nirvana de plénitude artistique avec ce produit manufacturé, mais je l'ai pris pour ce qu'il est, pour ce qu'il a mérité d'être. Si le déferlement publicitaire vous a semblé excessif, il ne m'empêche pas de pratiquer une objectivité détachée des contingences. Mon angle d'attaque est imparable, aussi savoureux à déguster que cette charlotte aux poires. Je vois dans le fond de vos yeux que vous regrettez tous votre refus simpliste d'une réalité qui vous dérange. À moralistes, moraliste et demi : c'est bien fait.

Oh, lui, rien ne l'inquiète !

Étrange, cette impérieuse amertume mâtinée de satisfaction avec laquelle certaines femmes décrètent à propos de leur conjoint : « Oh, lui, rien ne l'inquiète ! » Comment être si sûre de l'absence de ce qu'il y a chez l'autre de plus secret, de plus dissimulé parfois ? Toute une vie ensemble ne saurait rien prouver dans ce domaine. Il y a du reproche évidemment dans ce constat. Monsieur vit comme un grand enfant, vibrant aux matchs de football et bichonnant inutilement son joujou automobile, et c'est moi qui porte les anxiétés, les contrariétés, les complications psychologiques, la peur du lendemain. Il se laisse porter par le courant pendant que je mets toute mon énergie à lire dans le ciel le sens du vent.

Cette répartition des comportements mentaux semble venir d'une autre époque, celle où l'homme ramenait sa paye et laissait la femme se débrouiller avec tout le reste. Mais la phrase a survécu à la disparition de cette organisation. La raison en incombe sûrement pour partie à une puérilité prolongée du sexe fort, mais à l'évidence également à une volonté féminine de s'arroger le douloureux privilège de l'inquiétude.

L'image d'un John Wayne confortable et protecteur a certes pris un coup de vieux, mais celle des zébulons woodyalleniens hypocondriaques n'est pas si agréable à supporter. À défaut de posséder en leur compagnon un renfort massif à l'élocution lapidaire et aux diktats incontournables, bien des épouses font semblant de déplorer une indifférence machiste qui valorise en fait leur propre sensibilité, leur domaine de compétence, et qu'il est bon d'exagérer un tantinet pour se donner du lest. « Oh, lui, rien ne l'inquiète ! »

À tout âge, c'est doux d'avoir un gros nounours.

Ça passe trop tard

On a beau s'insurger gentiment, maintenant vous pouvez enregistrer, vous passer le DVD à l'heure où ça vous convient, les mots reviennent, butés, imperturbables : ça passe trop tard. Quoi, ça ? Eh bien, ce qui est plus culturel, plus intéressant. Les programmes télévisés tels qu'ils sont conçus ne conviennent pas. Pourtant, ils en demeurent les esclaves soumis, subissent en vitupérant le journal de 20 heures – il n'y a que des horreurs – puis cette lénifiante tranche napolitaine d'autopromotion, de publicités pour le café érotisé ou les automobiles sur fond désertique, prétextent l'imminence d'une météo savamment différée pour rester captifs. L'émission qui va suivre ne les satisfera pas plus qu'à l'ordinaire. Ils iront se coucher en maugréant, abandonnant le petit écran à l'heure où précisément ça deviendrait potable.

Ils ne sont pas hypocrites. Mais ce qu'ils aiment, c'est regarder en même temps que les autres. Il y a une consolation métaphysique dans cette sensation de présent partagé. L'essentiel est de vivre avec. La télévision tiède a ce pouvoir de faire de ses prisonniers des contemporains rassemblés dans l'insatisfaction affichée, mais rassemblés, et c'est tout ce qui compte. Bien sûr, c'est une convivialité virtuelle, dégustée à l'écart, dans une mauvaise humeur qui cache une satisfaction secrète. Cette dialectique résiste même à la présence de chaînes nouvelles aux prestations différentes – mais vous recevez bien la TNT ?

Rien à faire. Ils accordent au culturel une supériorité de principe, mais le grand nombre est le plus fort, la seule chose qui rassure. Au-delà de toute logique, ils affirment rechercher ce qu'ils fuient.

Il y a longtemps
que vous attendez ?

C'est une fausse question. Le point d'interroga-
tion semble posé derrière le « longtemps »… Pourtant, la personne qui vous fait poireauter depuis
près de vingt minutes est en faute. Elle ne cherche
pas à en dissimuler le principe, mais à vous donner
mauvaise conscience dans votre rôle de victime.
Visiblement, votre posture résignée l'agace. La
modulation de sa phrase suggère une exagération
possible de votre impatience. Vous n'allez quand
même pas me dire que vous attendez depuis longtemps ! Voilà ce que suggère cette hypocrite
contrition. Ne pouvant minimiser l'étendue de
son laxisme, elle s'en tire sans vergogne en met-
tant en doute votre propre ponctualité. Bien sûr,
vous étiez là avant moi, mais je connais la vie.
Cela n'a guère de chance de signifier que vous

étiez à l'heure. Maintenant, si vous avez eu la niaiserie d'arriver en avance, c'est que vous ignorez tout de la civilité normale. Savez-vous qu'il est vulgaire de donner aux autres la sensation qu'ils sont coupables ?

Ah, la civilité normale ! Celle-ci consiste à simuler le remords le plus mortifié quand le retard est infime – Je suis vraiment désolé(e) – et à emprunter des voies beaucoup plus cavalières quand le quart d'heure est dépassé.

Le passage en force est doublement pervers. À une amorce d'insolence, vous ne pouvez opposer une réponse du même acabit sans tomber dans un rapport hostile qu'aucune des deux parties ne souhaite envisager. Vous effacerez donc la question simulée avec un mouvement dénégatif du chef, voire une petite moue d'absolution, dans les cas d'irritation majeure. Si le retardataire est du genre teigneux, il se risquera peut-être alors jusqu'à lancer un outrecuidant « Vous avez bien mon numéro de téléphone portable ? » auquel vous ne pourrez répondre « Il me semble que c'était plutôt à vous de me faire passer un message ! » au risque de placer le débat sur un terrain miné. C'est en déclarant l'offensive qu'on décourage l'offensé.

À l'aile, bon dieu !

Je préfère le football de village. Le public a tout loisir de s'y exprimer réellement. À l'inverse de celui du Parc des Princes, qui se contente de formuler de manière quelque peu abrupte ses supputations sur les mœurs sexuelles des adversaires du PSG à l'énoncé de la composition d'équipe, le public de mon village, autour de la main courante, émaille la partie de réflexions variées. Ne faisons pas d'angélisme toutefois. Quand un autochtone déclare « Mais oui, y a faute, Monsieur l'arbitre ! », on peut trouver que sa politesse est légèrement outrée. Il faut sans doute y déceler une part subtile d'ironie, mais aussi le risque de voir l'homme en noir se retourner, et poursuivre le dialogue de façon énergique.

Les instants les plus savoureux sont souvent liés aux conseils tactiques. Il faut bien savoir choisir son moment. Une période d'abattement silencieux, par exemple, dans le ventre mou de la seconde mi-temps, quand les visiteurs mènent au tableau d'affichage et que le jeu de l'équipe locale ne suscite pas d'enthousiasme irrépressible. Le « Allez les p'tits gars ! » de l'épouse du garagiste est alors trop vague et trop œcuménique pour faire vraiment avancer les choses. Mais je conseille le « À l'aile, bon dieu ! » qui reçoit presque toujours un assentiment perceptible, jusqu'au murmure approbateur. Mais oui, cette impression d'impuissance confinée, d'obstination centriste qui régnait sur le jeu reçoit tout à coup un diagnostic et une ordonnance. L'auteur du « À l'aile, bon dieu ! » est un homme d'un certain âge. On connaît dans le bourg son passé de joueur. Car, ne le nions pas, cette injonction est d'essence plutôt passéiste, liée à l'époque où l'on jouait avec de vrais ailiers, dévoreurs d'espace, centreurs et boum ! Mais qu'importe. Le « À l'aile, bon dieu ! » vaut aussi pour aujourd'hui. On se croyait moins bons, mais non. Tout simplement on n'utilisait pas assez cette partie de terrain apparemment bien éloignée de la cage, mais où peuvent se fomenter des envolées bravaches et des espoirs de libération. Il y a peut-être au passage une petite leçon pour l'entraîneur, mais ce n'est pas le moment de faire la fine bouche. Ne faisons plus dans l'étriqué. De l'air, du souffle, déployons la grand-voile. À l'aile, bon dieu, à l'aile !

Et ce soir ?

– Ah ! non, mercredi prochain, je suis en séminaire. Le mercredi suivant, alors ?

– Là, c'est moi qui ne vais pas pouvoir. Je dois garder les enfants de ma sœur.

Il faut bien en convenir. Les projections dans l'avenir sont de plus en plus complexes, même dans les vies apparemment les plus libres, les plus simples. Est-ce seulement le rythme imposé par la société, ou la réponse rassurante donnée à un risque existentiel ? En tout cas, le résultat est là : un maillage des jours de moins en moins lâche, qui peut aller de la tyrannie obligatoire du travail envahissant jusqu'aux contraintes des cours de karaté ou de piano pour les petits, jusqu'à celles du club de généalogie ou d'aquagym pour les plus âgés. De plus en plus difficile de passer par surprise, tant le risque est grand de tomber mal ou de trouver porte de bois. Déjà, le simple appel téléphonique doit s'accompagner d'un « Je ne te dérange pas ? » qui va parfois jusqu'à l'affirmatif « Je te dérange ! ».

Alors, devant le panorama inextricable de toutes ces choses à faire, de tout ce prévu, de toutes ces *agenda*, au sens le plus latin du terme, un des protagonistes finit par lancer, comme une incongruité désespérée, mais avec une petite excitation déjà conquérante :

– Et ce soir ?

Ce soir ? Touché par ce direct à l'estomac, l'autre reprend les deux derniers de ces trois mots, les fait planer dans l'espace. Ce concept outrecuidant d'une proposition quasi immédiate doit d'abord passer dans une phase d'apesanteur, de dématérialisation sémantique. Mais un sourire se dessine bientôt au coin des lèvres. Ce soir ? Oui, après tout, pourquoi pas ? C'est incroyable, je suis libre et toi aussi. Comment n'y avions-nous pas pensé plus tôt ?

C'est comme si on revenait avec bonheur à une vie d'autrefois où l'on pouvait se voir au débotté, sans projection préliminaire. Finalement, le temps ne nous a pas mangés. Ce soir, on peut toujours.

Attention,
l'assiette est très chaude !

C'est une phrase importante, dans le monde des serveurs et des servis. En s'installant au restaurant, on prête une attention particulière au garçon, qui n'a pas besoin d'interrompre une discussion pour vous confier, comme une leçon apprise, en vous tendant le menu : « Aujourd'hui, nous vous proposons une poêlée de Saint-Jacques avec son risotto aux cèpes. En dessert… »

Autour de la table, un convive ponctue son écoute polie d'une oscillation du chef avec haussement de sourcils qui signifie « intéressant », quand les autres éludent en se plongeant dans la lecture du menu avec un merci obséquieusement hypocrite.

Mais à ce cérémonial gourmé va bientôt succéder une conversation abondante, activée par la dégustation d'un petit bourgueil chambré. Le serveur s'y résigne, distillant ses interventions avec une discrétion héroïque, parfaitement ignorée par les commensaux.

Il sait déjà que le dialogue se renouera au moment d'apporter le plat principal. « Attention, l'assiette est très chaude ! » Cette annonce apparemment objective est riche de connotations diverses. D'abord, mine de rien, le garçon sait qu'il va modifier l'attitude des convives. Ces derniers sont tous penchés en avant depuis une demi-heure, happant leur chance de lancer une remarque ou une anecdote dans le brouhaha grandissant de la salle. Le « Attention, l'assiette est très chaude ! » les contraindra au moins au recul du buste, voire à quelques secondes de silence. La phrase peut être proférée avec une autorité expéditive, mais elle l'est plus souvent d'un ton prévenant, presque onctueux. Elle dépasse de beaucoup le « Rappelez-vous que j'existe ! » dont elle reste cependant chargée. Sa dimension est également gastronomique. Ici, nous ne faisons pas n'importe quoi, si l'assiette est très chaude, c'est que le plat servi a requis tous nos soins, et si vous n'êtes pas des rustres complets, vous allez quitter votre enjouement prévisible et presque mécanique pour vous concentrer un peu sur ce que vous avez commandé.

Plus tard, le « Vous prendrez des cafés ? » ne sera qu'accessoire et servira d'épilogue. Mais la dramaturgie souterraine du non-dit serveur-servi aura trouvé son apogée dans la soumission victorieuse de cet ordre masqué.

Ils l'avaient dit

Vous vous êtes risqué à être négatif. À bougonner à propos de cette pluie froide, pénétrante. Avec un tel sujet, vous ne pensiez pas susciter de réaction – juste un assentiment de circonstance, une façon d'allonger un peu le « bonjour ça va » protocolaire. Vous vous pensiez dans le partage mou. Mais vous avez regretté tout de suite le mode de communication météorologique ainsi amorcé. Votre interlocuteur a senti la faille, et va vous clore un bec que vous n'aviez ouvert que par politesse.

Son attitude physique marque déjà la prise de distance, le recul. L'objectivité la plus sereine passe sur son visage, tandis qu'il vous assène cet imparable trait : « Ils l'avaient dit ! » Vous attendiez un « Oui, on commence à en avoir marre ! », vous pouviez redouter un « Il en faut ! » dont le moralisme eût stigmatisé en vous le manque de sollicitude pour les agriculteurs, ou plus généralement pour le sort des nappes phréatiques. Mais le « Ils l'avaient dit ! » vous prend toujours au dépourvu.

Ils l'avaient dit, vous n'avez pas à vous plaindre, c'était prévu. Étrange philosophie de la passivité, qui fait pourtant école. Si l'on vous annonce votre mise au chômage, aucune raison de vous révolter, puisqu'ils l'avaient dit.

Le « ils » est d'une délectable nébulosité. À travers lui, l'opposant ne désigne pas plusieurs journalistes chargés de l'annonce du mauvais temps, pas même l'ensemble des services de la météorologie nationale, mais, vous le sentez bien, une autorité plus insaisissable, un pouvoir absolu qui vous dépasse et qu'il est parfaitement vain de critiquer.

Ils l'avaient dit. J'étais en avance sur vous, j'ai eu la sagesse de prendre des dispositions mentales conséquentes ; ceux qui se mettent la rate au court-bouillon pour si peu feraient mieux d'être attentifs plutôt que de réclamer en oubliant leur parapluie.

On est bien loin du temps qu'il fait. « Ils l'avaient dit », c'est politique. Une supériorité de la soumission qui peut s'appliquer aussi au recul des retraites, à l'exil professionnel dans des pays en voie de développement, à l'acceptation de la mort, peut-être ? Tout ira toujours pour le mieux dans le meilleur des mondes. Ils l'avaient dit.

Je vais relire Proust

Une grande œuvre se définit par le manque. À l'aune de cette vérité spécieuse, Marcel est le plus grand. Certes, il est passionnant de tomber un jour sur une émission télévisée où l'on voit s'exprimer des lecteurs de Proust, et de constater qu'en dépit des idées reçues les passionnés de *La Recherche* se recrutent dans les milieux socioprofessionnels les plus divers. Mais le plus intéressant dans l'affaire est le sujet même de l'émission – les lecteurs de Proust. Impossible d'imaginer la même à propos d'un autre écrivain, quelle que soit sa notoriété.

Lire Proust est un concept. Pour ceux qui pratiquent cette activité, et en témoignent avec une espèce d'évidence gourmande, comme si son œuvre était un autre chez-soi où l'on aurait ses

habitudes, une coquille protectrice, où l'on pourrait se mettre en retrait de la décevante vraie
vie. Mais surtout pour ceux qui ne s'y adonnent
pas, et en possèdent cependant une intuition
très juste. Peut-être une cristallisation autour du
souvenir de l'extrait sur la petite madeleine étu-
dié en première ou en terminale joue-t-elle son
rôle. Mais au-delà de cet émiettement dans
l'abîme liquide de la mémoire, il existe une conscience presque magique de ce qu'est l'œuvre de
Proust, un peu intimidante en raison de sa diffi-
culté supposée, mais comme familière à l'avance,
susceptible de fournir une compagnie vivante à
l'infini.

Pourquoi ne pas s'y plonger alors ? Certains –
les plus rares – avouent qu'ils n'ont jamais essayé.
Ils se justifient en différant cette rencontre nécessaire dans un futur débarrassé de soucis pro-
saïques – non, vraiment, j'ai très envie mais
j'attends d'être disponible mentalement. Bref, ils
sont de virtuels meilleurs lecteurs que ceux qui
lisent.

Mais la plupart des visiteurs potentiels de *La
Recherche* se font une idée si haute de cette cita-
delle, l'assimilent tellement à l'idée même de la
lecture qu'ils n'osent formuler ouvertement leur
absence de pratique. Ils disent alors, assez timi-

dement: je vais relire Proust. Ils ne mentent qu'à moitié, et c'est là le triomphe le plus absolu de l'asthmatique du boulevard Haussmann : cette inavouable honte de n'avoir pas manqué de lui.

Mets ta cagoule !

Trois mots qui tombent avec un tel automatisme qu'on les croirait préenregistrés. C'est peut-être le déferlement du gouleyant *cagoule* qui coule dans la bouche comme on dévale un escalier. Ce n'est pas qu'une question de sonorité. *Mets ta cagoule* est certes une phrase destinée à un enfant. Mais on dirait que l'adulte se l'adresse à lui-même, comme s'il conjurait ainsi le reproche de ne pas être assez tutélaire. J'ai conscience que j'ai la responsabilité d'un enfant, puisque je n'oublie pas de lui demander de mettre sa cagoule. C'est dit sans amabilité, parfois même avec une vraie rudesse. Tu n'as pas encore l'âge de penser à ton propre intérêt. Mais tu as au moins quatre ans, puisque tu peux enfiler ta cagoule tout seul. On entend presque : « Tu pourrais y penser de toi-même, ce n'est pas agréable d'ordonner de mettre une cagoule ! » Pourquoi ? Eh bien parce que les adultes ont été enfants, et qu'ils savent très bien que ce geste n'est pas une chose délectable. Ça emprisonne la tête, ça gratte, on sent que l'on endosse un uniforme pataud d'anonymat enfantin, ça cache les cheveux. En grandissant un peu cela devient la honte. Comment être amoureux avec une cagoule ? Et à sept ou huit ans on est si souvent amoureux !

Mets ta cagoule ! Il y a un peu d'irritation paramédicale. Tu vas encore prendre froid ! Si je n'étais pas là, qui s'occuperait de ta santé ? Dans la cour de récré, tu la mets ta cagoule ? Je parie bien que non : la preuve, ce n'est pas un réflexe, il faut toujours t'y faire penser.

Et cependant. Malgré tous ces demi-bougonnages plus ou moins rentrés, « Mets ta cagoule » est aussi une phrase de bonheur. Je fais le chemin avec toi. Tu es dans un âge que j'appellerai plus tard le bon moment de la vie, je le sais bien, celui où les enfants marchent à l'amble de nos pas. Nous sommes ensemble et l'avenir ne nous menace pas. Et ne m'en veux pas trop si la règle du jeu veut que je te rudoie. C'est pour ton bien. C'est pour le mien. Allez, mets ta cagoule.

On n'est pas obligé
de tout boire ![1]

Finalement, une bouteille, il ne faut rien exagérer, ça ne fait que soixante-quinze centilitres ! Avec la demie de trente-sept cinq, on imagine déjà toute la parcimonie d'un rituel contraint : un demi-verre pour l'entrée, une répartition mesquine à force de volonté égalitariste pour le plat de résistance. À tous les coups, il ne restera pas une goutte pour la rasade gratuite, juste avant le café. Et puis on croit sentir le geste restrictif imposé par la taille de la bouteille. À peine une bouteille : un joujou à boire, restreignant la surface de la table par sa mignardise.

« On n'est pas obligé de tout boire ! » La phrase est souvent prononcée devant le serveur. Lui est-

1. Merci, Marie L.

elle destinée ? Son impassibilité reste ambiguë. Il peut au choix vous ranger dans la catégorie des radins ou dans celle des alcooliques. On prend le risque de sombrer à ses yeux dans la seconde, mais il ne cillera pas. La bouteille commandée, on sent une ampleur bénéfique qui décrispe les épaules. Le repas tout entier vient de gagner en souplesse, en bien-être. En prenant la bouteille, on achète du temps et de l'espace, un rapport avec l'autre différent, quelle que soit sa proximité initiale.

On n'est pas obligé de tout boire bien sûr, mais il y a place pour une amorce apéritive qui va saluer le décor et même la possibilité d'un silence gourmand – on a bien le temps de tout se dire désormais. Les choses avancent, mais on ne compte pas. Le plat du jour est déjà englouti quand on se risque à jeter un œil sur le niveau de la bouteille, en se disant l'espace d'un instant qu'une demie aurait suffi. C'est là qu'on remplit les verres avec une excessive générosité. Tant pis si le feu monte aux joues, on fera quelques pas dehors pour secouer cette douce hébétude, cet engourdissement très convivial, pas si déraison-nable au demeurant, puisqu'il en reste un peu, un petit fond de faux remords. On a failli tout boire.

Vous n'aimez pas l'accordéon ?

Ce n'est pas une amie. Elle le deviendrait peut-être, mais vous en êtes aux premières approches, et tout d'un coup une petite phrase, entre l'apéro et le passage à table, une incidente sans importance apparente vient de vous signifier que c'est rédhibitoire : vous n'irez pas plus loin. Vous venez d'évoquer un séjour à Venise, en disant votre manque de fascination pour la musique jouée devant le Florian et autres cafés prestigieux les soirs d'été. Vous avez cru être en territoire communautaire d'évidence en soulignant le caractère hétéroclite de ces formations orchestrales pour musique sirupeuse : violons, piano, flûte… et accordéon. Oui, le mot accordéon devait être souligné dans votre accentuation comme une incongruité. Et votre pas encore amie reprend la balle au bond :

– Vous n'aimez pas l'accordéon ?

C'est tout sauf une question. Il y a pourtant dans son regard une intensité interrogative, mais davantage encore l'expression d'une surprise, presque d'une indignation. En fait, elle n'a pas envie de vous aimer, vous ne le saviez pas. Elle veut trouver une faille pour vous mépriser, en suggérant sans l'exprimer la supériorité de ses propres codes esthétiques, dans cette badinerie néobourgeoise qui débouche parfois sur quelque chose, et la plupart du temps sur rien. À quoi bon le repas qui va suivre, les plats mitonnés, la convivialité qui feindra de monter avec la consommation du bordeaux ? Elle vient de tout tuer.

– Vous n'aimez pas l'accordéon ?

Ce qui veut dire en toutes lettres tues : pauvre plouc, vous en êtes resté à l'image désuète de l'accordéon musette et flonflons, au sourire niaiseux des virtuoses à la télévision, pour compenser le poids de l'instrument. Vous ignorez tout de l'accordéon chic tendance, qui va fouiller le vrai tragique de l'âme argentine au fond de la détresse et de la sensualité. Et puis, l'accordéon est devenu mille et mille choses, du jazz sophistiqué, du classique transcendé, l'expression la plus subtile de la danse la plus contemporaine. J'avais envie de vous trouver ringard, et vous m'en donnez l'occasion bien avant le plat de résistance. Vous vous croyez malin avec votre mépris pour la place Saint-Marc... J'accompagne mon mari qui a quelques raisons de vouloir vous trouver sympathique. Mais moi...

Pourquoi faut-il aller au bout des soirées qui commencent avec ce type de question ?

Je vais chez Mentec

On n'annonçait pas « Je passerai à la charcuterie » mais « Je vais chez Mentec ». Mentec,
c'était davantage la charcuterie que la charcu-
tière. Madame Mentec. Son tablier blanc, sa
façon de dire à sa vendeuse : « Prends le couteau
comme ça, ma fille ! » Sa façon de dire « Au
revoir monsieur euh… ». Vingt ans avant qu'elle
ne remplace euh par Delerm ! Monsieur Mentec,
on le voyait très rarement. Parfois son visage
émergeait d'un petit passe-plat, au fond de la
boutique. Son absence rassurait. C'était parce
qu'on ne le voyait pas que c'était bon, il tra-
vaillait.

La vie passait sans passer. On allait chez Mentec.
On n'avait pas la moindre idée de leurs prénoms :
ils étaient un concept, pas une personne. Et puis

sur la place de l'Église, Mentec a fermé. Et puis Fort. Et puis Héron. Et puis Mérieux. Et puis Got a vendu. On ne disait pas la quincaillerie, la maison de la presse, la pâtisserie, la pharmacie, mais : Fort, Héron, Mérieux, Got. C'est quand on a commencé à dire la charcuterie, la pâtisserie, la maison de la presse que les commerces ont basculé dans le péril, on ne le savait pas encore. Maintenant, ils sont tous fermés, et c'est une autre façon de vivre dans un village. Il y a eu un plan d'urbanisation. La place est toute neuve, avec de jolis emplacements de parking devant les commerces vides.

Quand on parle de la vie des villages d'autrefois, on entend toujours : « Ah ! oui, l'instituteur, le curé, c'étaient les personnalités marquantes ! » Dans le code Soleil on expliquait aux instituteurs qu'ils devaient incarner leur profession vingt-quatre heures sur vingt-quatre. Un jour les instituteurs ont décidé qu'ils voulaient être une personne et plus une fonction. Ils ne souhaitaient plus habiter l'école. Ils ne sont plus une fonction. Tous ne sont pas pour autant une personne. Les curés ont troqué leur soutane pour une veste qui ne cache plus leur petit bedon, mais dissimule à merveille leur spiritualité.

De toute façon, le village ne se réduisait pas à l'instituteur et au curé. Le village, c'était des gens qui acceptaient de devenir une fonction. Maison de la presse Héron, pâtisserie Mérieux, pharmacie Got. Le village, c'était quand on allait chez Mentec.

C'est vraiment par gourmandise

La charlotte au chocolat, spécialité de la maîtresse de maison, clôt un repas plutôt calorique, où la blanquette de veau amoureusement mitonnée fut déjà l'objet de récriments enthousiastes. Mais cette charlotte, « c'est une tuerie ! », comme l'a proclamé un des jeunes commensaux. Une formulation dont les plus âgés saluent la ferveur sans se départir en leur for intérieur d'un sentiment d'inadéquation. Pour ceux dont le taux de cholestérol est élevé, il y a même dans cette assertion une menace involontaire dont ils se seraient dispensés. Les plus goulus ont accepté de reprendre une part de charlotte – et même une lampée de crème anglaise – avec un « ce n'est pas raisonnable » qui a séduit par sa jovialité, tempérée pour la forme d'une once de mauvaise conscience au moins simulée.

Mais les hôtes les plus retors, ou les plus astreints à un régime auquel ils ne veulent pas trop déroger, finissent par accepter une part qu'ils réduisent à la portion la plus congrue possible, et le petit mouvement restrictif de la pelle à gâteaux reçoit toujours en écho cette phrase ambiguë : « C'est vraiment par gourmandise ! »

Gourmandise. C'est quand même un peu spécieux d'employer ce mot de péché capital pour négocier le triangle de charlotte le plus menu. Disons que c'est habile. On revendique la gourmandise au moment où on la condamne et la réduit. L'amour-propre de la cuisinière sera sauvegardé par cette évocation d'une irrépressible envie tout à fait réprimée. Comme toujours, l'adverbe est de mauvais aloi. Vraiment. Il faut se méfier quand on vous dit : honnêtement, vraiment. La fausseté et le mensonge sont cachés dans la nécessité de revendiquer l'humilité et la franchise. *C'est vraiment par gourmandise*, c'est seulement de la politesse.

Il n'y a que moi
qui passe chez moi !

Au Monopoly. Enfant, préadolescent, et quelquefois plus tard. Il y a toujours cette phase si lente où l'on acquiert les rues, les gares, où l'on refuse la Compagnie des eaux, où l'on s'offusque en tirant la carte Chance : « Vous avez gagné le deuxième prix de beauté. » Et puis tout s'accélère. On échange des terrains à la va-vite, on achète des maisons, des hôtels, le banquier n'arrive plus à suivre. Rue de Breteuil avec un hôtel, 105 000 ! On croyait avoir fait une bonne affaire en acquérant les terrains verts au tarif fort. Mais tout un tour se déroule sans que personne ne s'y égare. Et, ironie du sort, on y tombe soi-même !

« Il n'y a que moi qui passe chez moi ! » Une remarque amère, qui ne serait pas bien grave si elle ne valait que pour le Monopoly. Mais on sent bien en la prononçant qu'elle traduit en même temps une part de mauvaise foi et un réel sentiment d'injustice. Plus tard, cela deviendra patent à la caisse des hypermarchés où l'on engagera son caddie juste derrière la cliente dont le paquet de café n'est pas répertorié : « Jean-Jacques, caisse cinq s'il vous plaît, Jean-Jacques ! »

En lisant *Mickey*, déjà, on trouvait bizarre le personnage de Gontran, fier de sa chance insolente. On se reconnaissait bien davantage dans son neveu Donald, éternel poissard furibond. Le plus étonnant dans Gontran, outre sa coiffure frisottée un peu ridicule de joli cœur, c'était cette conscience qu'il possédait de son incroyable veine. Dans la vie, on est celui que le hasard dessert. En sont la preuve ces émissions télévisées récurrentes sur les gagnants du Loto, où l'on voit les multimillionnaires confesser leur solitude, leur dépression quelquefois. Il nous faut ça pour être rassurés. On se dit que la vraie chance n'existe pas. Mais la malchance ? Ne parlons pas du malheur, on le reconnaît assez honnêtement chez les autres, malgré l'horrible « Tout le monde a ses problèmes ! ». Pour la petite malchance, c'est plus compliqué. On n'en a sans doute pas l'apanage, mais quand même, on se l'attribue volontiers, avec un mélange de mauvaise humeur et de fierté. Rien de très cartésien dans tout cela. En étant le seul à passer chez moi, je me sens vraiment moi.

On va laisser descendre
les gens

Dès que la porte médiane du bus s'est ouverte, la femme sur le trottoir a avancé sa poussette biplace avec davantage que de l'autorité : l'énergie du capitaine montant à l'assaut. Deux jumeaux dans l'habitacle capoté contre la pluie, une fillette à ses côtés. La petite troupe tient de la place, et la matrone s'impose avec la bonne conscience du politiquement correct absolu. Elle a charge de famille, elle a du courage, le devoir la guide et le bon droit, sans parler de l'affirmation dans tous ses gestes de la fatigue honnête et de soucis respectables.

Mais quand même : une petite lueur de lucidité à l'égard des autres s'allume dans la même fraction de seconde où elle pousse ses troupes sur le pont d'Arcole : elle s'aperçoit qu'elle entrave presque complètement la descente des passagers. A-t-elle alors un recul coupable de poussette ? On ne saurait l'affirmer. Mais pour compenser ce que son dynamisme pourrait avoir d'inconvenant, elle trouve cette phrase étonnante : « On va laisser descendre les gens ! »

Tout est savoureux dans ces six mots. Le *on* qui semble donner un ordre à ses soldats, dont les deux tiers sont pourtant réduits à une prostration complète. La magnanimité du *on va laisser descendre*, qui pourrait se traduire plus justement par un *on est bien obligés de les laisser passer*. *Les gens* aussi, une entité à laquelle elle souhaite s'adresser sans aménité particulière tout en prétendant les respecter. Les gens, il suffirait de les inspecter un tant soit peu pour confirmer la futilité de leurs tribulations, et l'incongruité de leur volonté de sortir à la station Filles-du-Calvaire. On n'est pas loin de l'aphorisme de Marcel Aymé : « Quels sales types, les gens ! » Et puis sous l'apparente politesse du *on va laisser descendre les gens*, ne faudrait-il pas entendre une injonction sous-jacente : « Ils vont quand même se magner un peu, les gens ! »

Je ne m'en servirai plus,
maintenant

« Tu peux le prendre. Je ne m'en servirai plus, maintenant ! »

Des mots qui peuvent s'attacher à tant de situations possibles. Un homme âgé qui parle de son vélo. Les deux phrases sont jetées avec une désinvolture un peu expéditive, comme pour cacher pudiquement un message plus solennel et plus secret. Tu peux le prendre est plutôt à entendre comme : ça me ferait plaisir que tu le prennes. Mais il y aurait alors une injonction trop pesante. J'aimerais que tu sois l'héritier de mon vélo. Que tu en fasses un digne usage, que tu le bichonnes comme je l'ai toujours fait. Souvent suivent des propos de fausse humilité : « Oh bien sûr ce n'est pas le dernier cri de la technique. Dérailleur sur le cadre, et pas au guidon. Et puis deux plateaux seulement. » Mais on sent déjà que la dévaluation va s'arrêter : « N'empêche, il fonctionne toujours bien. Il a fait ses trois mille kilomètres encore il y a deux ans ! »

Oui, le vélo, on va le prendre. Ou pas. Il y aura peut-être une raison de refus rédhibitoire. « Je n'ai pas de place pour le mettre dans l'appart, et pas de cave. » Mais on entend surtout : « Je ne m'en servirai plus, maintenant. » Le *maintenant* est poignant. Voilà. J'ai aimé le vélo, je suis encore vivant. Mais *maintenant*. Je suis encore moi-même et je ne le suis plus. Je n'ai pas à me plaindre, j'ai eu des bons moments si longtemps.

La conscience du maintenant se voudrait un constat, rappeler tout ce qui fut avant le plus rien. Elle souhaite modérer surtout l'implacable *je ne m'en servirai plus*. J'ai gardé mon vélo, j'ai continué à l'entretenir pour un futur de plus en plus aléatoire. Et puis voilà. Il y a un moment où l'objectivité se fait plus déchirante de se vouloir sereine. Je le dis sur un ton que je crois détaché. Mais tu l'entends comme je le pense au fond de moi. Ne me console pas. C'est déjà beau tout ce qui reste quand la vie n'est plus la vie.

TABLE

Le Bonheur, tableaux et bavardages
Le Rocher, 1986, 1998
et « Folio », n° 4473

Le Buveur de temps
Le Rocher, 1987, 2002
et « Folio », n° 4073

Les Amoureux de l'Hôtel de Ville
Le Rocher, 1993, 2001
et « Folio », n° 3976

L'Envol
Le Rocher, 1996
Magnard, 2001
et « Librio », n° 280

Sundborn ou Les Jours de lumière
Le Rocher, 1996
et « Folio », n° 3041

La Première Gorgée de bière
et autres plaisirs minuscules
Gallimard, « L'Arpenteur », 1997

La Cinquième Saison
Le Rocher, 1997, 2000
et « Folio », n° 3826

Il avait plu tout le dimanche
Mercure de France, 1998
et « Folio », n° 3309

Paniers de fruits
Le Rocher, 1998

Le Miroir de ma mère
(en collaboration avec Marthe Delerm)
Le Rocher, 1998
et « Folio », n° 4246

Autumn
Le Rocher, 1998
et « Folio », n° 3166

Mister Mouse
ou La Métaphysique du terrier
Le Rocher, 1999
et « Folio », n° 3470

Le Portique
Le Rocher, 1999
et « Folio », n° 3761

Un été pour mémoire
Le Rocher, 2000
et « Folio », n° 4132

Rouen
Champ Vallon, 2000

La Sieste assassinée
Gallimard, « L'Arpenteur », 2001
et « Folio », n° 4212

Intérieur : Vilhelm Hammershoi
Flohic, 2001

Monsieur Spitzweg s'échappe
Mercure de France, 2001

Enregistrements pirates
Le Rocher, 2004
et « Folio », n° 4454

Quiproquo
Le Serpent à Plumes, 2005
et « Petits Classiques Larousse », n° 161

Dickens, barbe à papa
et autres nourritures délectables
Gallimard, 2005
et « Folio », n° 4696

La Bulle de Tiepolo
Gallimard, 2005
et « Folio », n° 4562

Maintenant, foutez-moi la paix !
Mercure de France, 2006
et « Folio », n° 4942

À Garonne
Nil, 2006
et « Points », n° P1706

La Tranchée d'Arenberg
et autres voluptés sportives
Panama, 2007
et « Folio », n° 4752

Au bonheur du Tour
Prolongations, 2007

Coton global
Circa 1924, 2008

Ma grand-mère avait les mêmes
Les dessous affriolants des petites phrases
« Points Le Goût des mots », 2008 et 2011

Quelque chose en lui de Bartleby
Mercure de France, 2009
et « Folio », n° 5174

Le Trottoir au soleil
Gallimard, 2011
et « Folio », n° 5403

Écrire est une enfance
Albin Michel, 2011
et « Point », n° P2976

Les mots que j'aime
« Points Le Goût des mots », n° P3134, 2013

EN COLLABORATION
AVEC MARTINE DELERM

Les chemins nous inventent
Stock, 1997
et « Le Livre de poche », n° 14584

Fragiles
Seuil, 2001 et 2010
et « Points », n° 1277

Les Glaces du Chimborazo
Magnard Jeunesse, 2002, 2004

Paris, l'instant
Fayard, 2002
et « Le Livre de poche », n° 30054

Elle s'appelait Marine
Gallimard Jeunesse, « Folio Junior », n° 901, 2007

Traces
Fayard, 2008
et « Le Livre de poche », nº 32381

RÉALISATION : IGS-CP À L'ISLE-D'ESPAGNAC
IMPRESSION : CPI BRODARD ET TAUPIN À LA FLÈCHE
DÉPÔT LÉGAL : AVRIL 2014. N° 116606 (3003491)
IMPRIMÉ EN FRANCE